300, rue Léon-Joulin, 31101 Toulouse Cedex 9 France

Loi 49.956 du 16.07.1949
sur les publications destinées à la jeunesse.
Dépôt légal : 1er semestre 2012
ISBN : 978-2-7459-1773-7
Imprimé en France par Pollina, 85400 Luçon - n° L60049b

LES GOÛTERS PHILO

BRIGITTE LABBÉ • MICHEL PUECH

L'ÊTRE ET L'APPARENCE

ILLUSTRATIONS DE JACQUES AZAM

MILAN

Au menu de ton Goûter Philo

Comment sait-on qu'on existe ?

Le professeur a demandé d'écrire
une page pour répondre à la question :
« Comment sait-on qu'on existe ? »
Emmanuel regarde dans le dictionnaire.
Exister : être.
Il regarde à *être.*
Être : exister.
« Je suis bien avancé ! » se dit Emmanuel.

Comment est-ce que je sais que j'existe ? Drôle de question !

« Je le sais, voilà. Je sens mon corps,
je peux bouger ma main, me gratter
le nez. Et puis, je sens bien que,
dans ma tête, il se passe des trucs,
je pense toujours à quelque chose. »
Emmanuel pense à ce qu'il pense.
Il pense à ce qu'il y aura à manger
ce soir.
« Je ne vais quand même pas dire
que j'existe parce que je me demande

si on a des frites ou des
brocolis, j'aurai zéro. »
Il se demande ce qu'il
va pouvoir écrire.
« Pas si bête, cette
histoire de frites ;
si je pense au dîner, c'est
que je pense que ce soir, j'existerai,
et si je me souviens du menu d'hier, c'est
que hier, j'existais. »
Emmanuel en a assez, il a mal à la tête !
« Voilà, j'existe parce que j'ai mal à la tête. »
Finalement, il écrit :
« J'existe, parce que si je n'existais pas,
je ne pourrais pas me demander si j'existe ! »

Les humains ont la possibilité de comprendre ce que « être » ou « exister » veut dire, sans pouvoir bien l'expliquer.
On pourrait dire que être, c'est pouvoir « voir » l'être, se rendre compte de ce qui existe : notre corps, le monde autour de nous, la présence d'autres êtres, percevoir les choses, les gens…

La tête dans le sable !

Blandine a abandonné sa voiture. Il faut qu'elle rejoigne le campement à pied et revienne avec 2 ou 3 personnes pour pousser le véhicule : il est complètement ensablé. Au bout de 3 heures de marche, Blandine s'inquiète. Elle devrait déjà être arrivée au campement.
« Pourvu que je ne sois pas en train de tourner en rond », se dit Blandine.
En plus, elle vient de boire sa dernière gorgée d'eau, la gourde est vide, le soleil lui brûle la peau.
« Il n'y a plus qu'à prier pour que je tombe sur une oasis », pense Blandine.
Sa bouche est sèche, sa langue commence même à gonfler, elle se sent mal.
Au moment où elle se dit qu'elle va mourir de soif en plein désert, elle aperçoit, à quelques mètres devant elle, des palmiers. Et quand il y a des palmiers, il y a de l'eau.
« C'est un miracle ! » pense Blandine

en courant vers l'oasis. Elle retrouve ses forces, court, court, s'élance vers l'eau, se jette tête la première et atterrit...
la tête dans le sable.

C'était un mirage ! L'oasis n'existe pas. Mais Blandine peut décrire l'oasis qu'elle a vue de loin : 5 palmiers autour d'une grande mare, 2 palmiers à gauche, 3 à droite, un peu d'herbe, quelques cactus, la végétation verte, l'eau qui brille...

Un seul détail : cette oasis n'existe pas ! Et quand Blandine tombe la tête dans le sable, elle se rend compte que ce n'est pas un détail.

Se demander si quelque chose existe, c'est carrément autre chose que de se demander si quelque chose est rouge, rond, grand...

Se demander si quelque chose existe, ça change tout, ce n'est pas un détail.

Exister, c'est la première caractéristique d'une chose, d'un être, c'est sa caractéristique essentielle, fondamentale.

Regarde pas sous le lit !

La grand-mère d'Adrien vient le voir cet après-midi. Comme d'habitude, ses parents demandent à Adrien de ranger sa chambre. Quand sa grand-mère entre dans sa chambre, elle s'exclame : « Oh ! Quelle belle chambre, bravo ! Je n'aurais jamais pensé avoir un petit-fils si soigneux ! Quand ton père était petit, jamais sa chambre n'a été rangée comme la tienne ! » Adrien se retient de rire et n'espère qu'une chose : que sa grand-mère n'ouvre aucun placard, aucun tiroir, qu'elle ne regarde ni sous le lit ni sous la couette ! Il a mis exactement 2 minutes pour tout y entasser n'importe comment ; si elle voyait ça, elle aurait une attaque.

Soit la chambre a l'air rangée, soit elle est rangée. Là, elle a l'air. Elle n'est pas. Et la grand-mère s'est fait avoir : à partir des apparences, elle pense qu'Adrien est ordonné.

Aaaaaaa... tchoum !

Camille flaire l'arnaque, ce n'est pas le genre de Paul de partager ses bonbons.
« T'en veux pas ? » insiste Paul, son petit frère.
« Il doit avoir du mal à faire ses devoirs, dans 2 minutes, il va me demander de l'aider », pense Camille.
« Ils sont à quoi ?
– Au caramel dur, ceux que t'adores.
– Montre. »
Camille regarde bien les bonbons, les touche, les sent.
« Tu m'en donnes un ? demande-t-elle.
– Deux, même. »
Camille les prend et va vite s'enfermer dans sa chambre.

« On ne sait jamais,
il peut changer
d'avis. »
À peine une minute
plus tard, Camille
sort de sa chambre comme
une bombe, en pleine crise d'éternuements.
« Aaaaa... tchoum ! De l'eau, vite ! Aaaaa...
tchoum ! Au secours ! Je vais mourir ! »
Paul jubile. Ces bonbons au poivre,
pas de doute, ça marche.

Comment se rendre compte que ces bonbons étaient au poivre, puisqu'ils avaient toutes les apparences de bonbons au caramel dur ? Paul a bien eu Camille, et Camille s'est bien fait avoir par les apparences.

Comment savoir ?

On sonne à la porte. Madame Ducré ouvre.
« Bonjour, madame Ducré ! Vous avez gagné
un voyage à Tahiti pour 2 personnes.

J'ai seulement besoin d'un chèque
de 150 euros pour les assurances,
et dans 5 jours, vous recevrez les billets
d'avion et la réservation d'hôtel.
150 euros, c'est une affaire exceptionnelle !
Savez-vous combien coûte un séjour
de 15 jours à Tahiti ?
– Non.
– Minimum 1 000 euros !
– 1 000 euros, jamais je ne pourrai
m'offrir ça !
– Alors, signez le chèque ! Une chance
comme celle-là ne repasse pas 2 fois. »
Madame Ducré regarde le monsieur :
cheveux courts, gentil sourire, beau
costume, chemise blanche bien repassée,
cravate sérieuse, regard direct et franc,
ongles propres, très bon français.
Il lui tend un stylo plume qui a dû coûter
cher. Cet homme a l'air vraiment sérieux.
Madame Ducré se voit déjà avec un collier
de fleurs autour du cou, en train de
siroter un cocktail à la noix de coco sur
la plage. Elle fait le chèque de 150 euros.

Pour madame Ducré, ce monsieur a toutes les apparences d'un homme à qui elle peut facilement faire confiance.

Maintenant, reprenons l'histoire.

Quelqu'un d'autre sonne chez madame Ducré. « Bingo, madame ! C'est ouf ! Un voyage à Tahiti avec votre Jules. 150 euros pour les assurances, et bonjour les cocotiers ! Normalement, c'est 1000 patates, ce trip !
– C'est ouf ? Des patates ? Je ne connais pas de Jules ! Un trip ? Ça veut dire quoi ? C'est quoi, cette histoire ?
– C'est pas une histoire, c'est un tirage au sort à partir des numéros de téléphone, vous avez le bon roménu, c'est tout. Remarque, il y en a qui préfèrent le camping... »
Madame Ducré regarde le monsieur : jeans délavés, queue de cheval, français bizarre, ongles pas très nets, boucle d'oreille.

« Non, je ne fais pas de chèque, merci quand même ! »

Pour madame Ducré, ce monsieur a toutes les apparences d'un homme à qui elle a du mal à faire confiance.

Madame Ducré n'a rien d'autre que les apparences pour se décider. Elle prend des risques : en refusant de faire le chèque, elle rate peut-être de superbes vacances, mais en faisant le chèque, elle perd peut-être 150 euros…

Mais si, dans le fond… il est gentil !

Max rentre de l'école en larmes. Il s'est fait cogner par Alain. Alain, il le connaît bien, ils sont ensemble

depuis la maternelle, et les parents d'Alain sont des amis de ses parents.
« Mon pauvre chou, dit sa mère en le consolant. Alain a toujours été bagarreur mais tu sais, je le connais, ce n'est pas un mauvais garçon !
– C'est vrai, ta mère a raison : dans le fond, il est gentil », ajoute le père de Max.

D'après les parents de Max, Alain a quelque chose de gentil qui ne se voit pas. D'après eux, il a des « apparences méchantes » et, dans le fond, un « être gentil ». Comme s'il y avait 2 Alain.

« Oui, c'est vrai, monsieur Hurtin crie tout le temps sur les enfants, mais dans le fond, il les aime bien. »
« Madame Junon est très généreuse avec ses voisins, mais tu sais, dans le fond, c'est une vraie radine. »
« Victor Darme frappe sa femme, mais dans le fond, il l'aime. »
« Isabelle est toujours souriante, mais dans le fond, elle est très agressive. »

Comme si ces gens avaient à l'intérieur d'eux-mêmes un être différent de ce qu'ils montrent, un être différent des apparences.
C'est inquiétant, cette histoire de différence entre l'être et l'apparence : si les apparences ne montrent pas ce que sont vraiment les choses, les gens, comment on s'y retrouve ? On peut finir par croire que tout ce qu'on voit est faux, et imaginer qu'il y a un autre monde plus vrai, plus réel, caché quelque part, derrière les apparences !

Une autre réalité

C'est parfois rassurant de penser que derrière les apparences, il y a une réalité qui n'a rien à voir. C'est rassurant de se construire un autre monde. Mais c'est dangereux.

« Tu es un homme extraordinaire, ton avenir est grand. » Jamais on n'a parlé à Julien comme cela. Il est flatté.

« Ta vie ne va pas bien, tu es stressé,
viens rejoindre la paix avec nous. »
C'est vrai que Julien est épuisé,
son travail est difficile en ce moment.
« Nous allons nous occuper de toi
et tu connaîtras le bonheur éternel. »
Julien est captivé par cet homme
qui lui parle avec douceur. Il est prêt
à le suivre au bout du monde.
Julien quitte son travail, lui confie
tout son argent, lui donne ses papiers
d'identité et le suit à la campagne
dans un magnifique château.
Julien habite là avec des gens qui prient,
méditent, et sont au service du gourou.
Un jour, cet homme ordonne de
construire un grand bûcher
et annonce : « Je vais désigner
vingt d'entre vous qui vont
accepter de se faire brûler.
Ils iront au paradis
et ils prépareront les places
pour tous les autres qui
les rejoindront bientôt. »

Julien est entré dans une secte. Il n'a pas vu les apparences dérangeantes : on lui prend son argent, on lui fait quitter son travail, sa famille, on lui enlève ses papiers d'identité, on va lui demander de se suicider. Julien ne retient que les apparences qui l'arrangent : on lui dit qu'il est un homme génial, on comprend bien ses problèmes, on lui promet le bonheur, le chef gourou a une voix douce, il va vivre dans un beau château…

Si quelqu'un avait essayé d'avertir Julien, il aurait répondu : « *Mais non, il prend mon argent pour m'éviter des soucis, il me le rendra, et de toute façon, je n'en ai plus besoin…* »

Elle est raide dingue de moi !

« C'est clair, Céleste est raide dingue de moi, annonce Jim à William.

– Comment tu le sais, elle te l'a dit ?

– Non, pas encore, mais j'ai plein d'indices.

– Raconte ! » demande William, très intéressé.

« D'abord, j'ai vu sa tête quand la maîtresse a changé les places et qu'on n'était plus à côté, elle avait l'air trop déçue. »

En fait, Céleste était déçue de ne pas être à côté de Lola, sa meilleure amie.

« Hier, elle a fait exprès d'accrocher son manteau à côté du mien, pour qu'en sortant, on se voie. »

Céleste était arrivée en retard, il ne restait plus que ce portemanteau.

« Elle m'a invité à son anniversaire. »

C'est Lola qui a supplié Céleste d'inviter Jim, parce qu'elle est amoureuse de lui.

« Au basket, elle veut toujours être dans mon équipe. »

Jim est le meilleur joueur de basket de la classe et Céleste adore gagner.

« Depuis 2 jours, elle me regarde sans arrêt. »

Depuis 2 jours, Jim a un nouveau tic, il se tord la joue entre le pouce et l'index.

Céleste fait des paris avec ses copines sur le nombre de fois qu'il le fait en 1 heure.

Jim a envie que Céleste soit amoureuse de lui. Alors, il interprète les apparences pour que la réalité ressemble à ce qu'il veut.
Jim va découvrir que Céleste n'est pas amoureuse de lui, on dira alors que les apparences sont trompeuses, que les apparences ont trompé Jim. Mais les apparences n'ont pas trompé Jim. C'est lui qui s'est trompé, en les interprétant mal. Pour se construire une réalité qui lui plaise.

Crime chez les Typhen

L'inspecteur va arrêter Victor Typhen. Toutes les preuves l'accusent : on a retrouvé des traces de sang dans le coffre de sa voiture, le tapis dans lequel était enroulé le cadavre venait de chez lui, et les voisins ont dit qu'ils avaient entendu des coups de feu chez les Typhen le soir du meurtre. Victor Typhen va passer le reste de sa vie en prison. Mais l'inspecteur se dit que tout est trop parfait : son enquête a duré 2 jours, tout était évident, clair, trop facile. Il a l'expérience des enquêtes et il sait que ça se passe rarement comme ça. Il décide de reprendre tout à zéro. Après de nouvelles analyses, on s'aperçoit que le laboratoire s'est trompé : le sang dans la voiture n'était pas le sang de la victime, c'était du sang de sanglier. C'est vrai que Victor Typhen avait dit qu'il chassait et qu'il avait rapporté un sanglier de sa dernière chasse. Le tapis appartenait bien à Victor Typhen, mais il avait été volé dans sa maison : Victor Typhen avait été cambriolé 10 jours avant le meurtre de sa femme. Et le soir du meurtre, Victor Typhen s'était loué une cassette vidéo, *Mon voisin le tueur*, avec Bruce Willis qui n'arrêtait pas de tirer des coups

de feu. Comme Victor Typhen est un peu sourd, il met la télévision très fort.

Toutes les apparences étaient contre Typhen. La seule chose qui l'a sauvé, c'est la décision de l'inspecteur de ne pas se fier trop vite aux apparences.

Un autre inspecteur aurait pu arrêter l'enquête, content d'avoir trouvé une solution, ou trop content que ce soit Typhen le coupable parce qu'il le trouvait désagréable et qu'il avait une sale tête.

Les apparences nous trompent quand nous nous précipitons, quand nous voulons qu'elles correspondent à nos croyances. Mais si on décide d'enquêter, d'être patient, de se donner du temps, de chercher des indices, d'accepter l'idée que l'on peut se tromper, alors, les apparences conduisent plus sûrement vers la réalité. C'est notre jugement trop rapide qui nous conduit vers une fausse réalité.

Blanche-Neige est tarte !

Quelle tarte, cette Blanche-Neige ! Manger la pomme que lui offre la vieille dame ! Franchement, elle aurait pu se méfier, elle ne connaissait pas cette dame. Et en plus, elle devait se douter que sa belle-mère continuerait à la chercher. Mais elle s'est précipitée sur la belle pomme, bien rouge, bien brillante. Elle s'est empoisonnée, elle s'est fait avoir par les apparences parce qu'elle n'a pas pris le temps de faire une enquête, de se poser des questions.

Dans *La Belle et la Bête*, si la Belle n'était pas restée prisonnière dans le château de la Bête, elle n'aurait pas eu le temps de voir que derrière les apparences de la Bête, il y avait un homme gentil et doux. C'est parce qu'il s'est passé du temps que la Belle ne s'est pas trompée sur les apparences. Qu'elle a pu découvrir le vrai être de la Bête.

Du temps. Prendre du temps : voilà la recette pour moins se tromper sur les apparences. Blanche-Neige ne s'est pas donné du temps. La Belle, si.

Quelqu'un qui a l'apparence d'un gentil pendant 2 minutes, on ne sait pas encore s'il est gentil. Quelqu'un qui a l'apparence d'un gentil pendant 60 ans, il est gentil !

La différence, ce n'est pas l'apparence, c'est le temps. Évidemment, on n'a pas toujours 60 ans devant soi ! Mais notre seul détecteur d'apparences, c'est le temps.

Les apparences qui ne montrent pas l'être, celles-là finissent par s'effondrer avec le temps, elles ont toujours un point faible. Elles sont fragiles parce qu'elles sont fausses. Les autres, les apparences qui montrent l'être, sont solides, elles tiennent le coup dans le temps.

Costard ou blouson ?

« Tu ressembles à un pingouin dans ce costard », se marre Constance en regardant son grand frère. Elle n'a jamais vu Laurent mettre une cravate et un costume !
« C'est malin ! J'ai un rendez-vous pour un travail, il faut que j'aie l'air sérieux. »
Laurent a terminé ses études, il cherche un travail et il a un entretien à 10 heures dans une société d'informatique.
À midi, Constance voit Laurent revenir à la maison.
« Ça a marché ? Tu vas l'avoir, ce boulot ? demande Constance.
– Pas le temps de te raconter, j'ai un autre rendez-vous, il faut que je me change. »
Il ressort de sa chambre en jean, tee-shirt, blouson.
« Ah ! Là, tu fais carrément plus cool, remarque Constance.
– Je vais voir une société qui organise des concerts rock et techno, j'avais peur qu'ils me trouvent ringard en costume. »

Laurent a changé ses apparences entre son rendez-vous avec la société d'informatique et celui avec la société de concerts. Pourtant, ce qu'il est, son être, n'a pas changé entre les 2 rendez-vous : il n'est pas devenu sérieux en costume et cravate, ni devenu branché et cool en jean et blouson. Il a simplement l'air sérieux en costume et cravate, et il a l'air branché et cool en jean et blouson. Laurent n'est pas menteur, il peut être vraiment sérieux, il peut être vraiment cool. Mais il utilise les apparences parce qu'il a décidé de mettre toutes les chances de son côté.

Line et ses plans

Line ne connaît personne dans son quartier, mais elle est bien décidée à se faire vite des amis. Elle a des plans. Premier plan : elle a vu que le dimanche matin, des gens de son âge se réunissent

sur la place. Dimanche prochain, elle ira traîner par là.
Ensuite, plan chorale : là où elle habitait, elle faisait partie d'une chorale, elle en a trouvé une ici ; la prochaine répétition se passe dans l'église du quartier.
Enfin, plan drague : samedi soir, la fille des voisins l'a invitée à une soirée.

Line n'aura pas les mêmes apparences pour ses trois plans. Pour le dimanche matin, elle regardera d'abord comment sont les autres. Pas de jupe si tout le monde est en jogging-baskets. Pour la première répétition de chorale, elle s'habillera plutôt sage, c'est dans une église et puis, elle a remarqué que souvent, les gens qui chantent de la musique classique ne sont pas très excentriques. Pour la soirée, elle sera plutôt féminine et maquillée ; ils vont danser, il y aura des garçons. Line ne trompe personne. Elle ne

se sert pas des apparences pour inventer une autre réalité. Elle se sert des apparences pour dire qu'elle a envie de s'intégrer, comme Laurent.

J'ai envie de tous les claquer

Dan est médecin. Aujourd'hui, il doit voir 20 malades. Il est de très mauvaise humeur parce qu'hier soir, il s'est disputé avec sa femme. Il a envie de claquer tout le monde, d'envoyer balader ces malades qui lui parlent de leurs problèmes. Mais il les reçoit avec le sourire et les écoute.

Un monsieur très élégant vient de glisser sur une crotte de chien. Clémence a envie d'éclater de rire mais elle se retient, demande au monsieur s'il ne s'est pas fait mal et s'il a besoin d'aide.

Dan est préoccupé mais ne le montre pas ; Clémence veut donner l'apparence d'être concernée par le monsieur.

Sinon, voilà ce qui se passerait :

Dan et un patient :
« Écoutez, monsieur, votre angine, je m'en contrefiche. J'ai des problèmes avec ma femme, alors franchement, avec vos 3 points blancs au fond de la gorge, vous me faites rigoler. »

Clémence et le monsieur :
Clémence éclate de rire en regardant le monsieur, et s'éloigne sans chercher à savoir s'il s'est fait mal.

Ici, pas de doute, Dan et Clémence sont sincères. Ils disent exactement ce qu'ils pensent. Mais si tout le monde se comportait comme ça, la vie serait un enfer.

De la triche, de l'hypocrisie ?

C'est vrai, Dan et Clémence veulent « avoir l'air ». C'est vrai, ils ne sont pas complètement sincères, ils veulent avoir l'air d'être gentils et polis.

Mais finalement, ils sont vraiment gentils et polis ! Vouloir avoir l'air d'être gentil, c'est gentil, c'est déjà être gentil ; vouloir avoir l'air d'être poli, c'est poli, c'est déjà être poli.

« Je débarrasserai la table quand je serai sincèrement serviable. »

« Je dirai bonjour aux gens quand je sentirai que je leur souhaite sincèrement une bonne journée. »

« Je donnerai de l'argent aux pauvres quand je me sentirai sincèrement généreux. »

C'est bien pratique, la sincérité ! Pratique de refuser les apparences, on évite plein de corvées ! Et en plus, on se croit quelqu'un de bien, quelqu'un de très sincère.
L'apparence, ce n'est pas le contraire de la sincérité, ce n'est pas forcément de la triche, de l'hypocrisie.
Vouloir montrer certaines apparences, c'est dire des choses vraies. Cela montre qu'on est capable de faire des efforts. Vouloir avoir l'air gentil, poli, généreux, serviable… ce sont des formes de gentillesse, de politesse, de générosité, de serviabilité...

Avoir l'air d'être

Lucas déteste porter sa casquette à l'envers, la visière le gêne dans la nuque, il marche le menton rentré et il se sent débile. Mais tout le monde la met comme ça, et s'il met la visière devant, on le traitera de touriste américain.

Samy aime les mots fléchés. Pendant les récrés, il adorerait s'asseoir sur le banc et en faire. Mais s'il ne court pas jouer au foot avec les autres, on va le traiter de fille.

À la sortie du lycée, tout le monde fume. Carole a essayé, mais elle déteste. Elle se force quand même, sinon les autres vont croire qu'elle a la trouille de ses parents.

Lucas se sentira débile, Samy jouera au sportif, Carole se forcera à fumer. Tout ça pour quoi ? Pour « avoir l'air ».

La dictature des apparences

Paulette a souvent faim, et elle se sent fatiguée. Elle a de l'argent pour se nourrir, ce n'est pas le problème. Son problème, c'est qu'elle se trouve trop grosse. Alors elle est sans arrêt au régime. Mais depuis quelque temps, ce qui la préoccupe le plus, ce sont ses rides autour des yeux. Elle a envie de se les faire enlever, elle aurait l'air plus jeune. Elle en profiterait pour changer sa bouche : elle trouve que ses lèvres sont trop minces et lui donnent un air strict, elle a lu dans des magazines qu'on pouvait facilement se les faire gonfler. Mais tout cela coûte cher, ça veut dire : pas de vacances pendant 2 ans.

Les femmes dans les magazines sont maigres, ont un ventre tout plat, des grosses lèvres, n'ont pas de rides, sont jeunes… Paulette veut leur ressembler.

La vie de Paulette est commandée par les apparences, c'est comme si elle était fâchée avec elle-même et qu'elle voulait être quelqu'un d'autre. D'ailleurs, elle finira par ne plus savoir qui elle est.
Si les apparences commandent tout, les hommes et les femmes ne se préoccupent plus de ce qu'ils sont, eux ; ils oublient ce qu'ils ont envie d'être, eux. Quand les apparences commandent tout, c'est une vraie dictature, une dictature qui oblige les gens à passer tout leur temps à s'occuper de leur apparence, à dépenser tout leur argent pour s'occuper de leur apparence.

René le clochard

René mendie à la sortie d'un supermarché. Yvonne, qui tient un petit restaurant dans le quartier, fait ses courses

dans ce supermarché. Ce jour-là, au lieu de donner une pièce à René, elle a une idée.
« Si je lui servais un repas tous les midis au restaurant ? Ça ne me coûterait pas grand-chose. »
Elle hésite, puis se décide.
« Si vous voulez, venez dans mon restaurant vers 11 heures, le matin. Je vous servirai un repas chaud. »
Yvonne précise 11 heures pour qu'il mange avant ses clients, certains râleraient de voir un clochard dans le restaurant.
René y va tous les jours à 11 heures. C'est un petit restaurant, mais René s'y sent mal à l'aise, il reste dans un coin et mange vite pour retourner à la sortie du supermarché.
« Peut-être que si je pouvais me laver, ça irait mieux », se dit René.
Il trouve des douches publiques et se lave le matin. On lui donne aussi des vêtements propres. Au restaurant, il prend plus de temps pour manger,

il rencontre des clients, sort de son coin, parle avec des gens. Personne ne sait qu'il est clochard, ça ne se voit plus. René se regarde dans la vitrine du supermarché, il se reconnaît à peine !
Ensuite, l'histoire est longue : au bout de quelques mois, René s'est fait un ami au restaurant, un monsieur qui travaille dans une société de déménagements. Un jour, cet ami est tombé malade et il a proposé à René de le remplacer à son travail. Le patron de la société a accepté. Quand l'ami de René est revenu de son congé maladie et a repris le travail, il y avait beaucoup à faire, René a été embauché.

Changer les apparences, cela ne veut pas forcément dire tricher, masquer les choses, les cacher, comme passer un coup

de peinture sur un vieux mur pour faire croire qu'il est neuf. Un changement d'apparence, cela peut devenir un vrai changement. René a changé son apparence, et ce changement l'a aussi changé, lui. Il s'est senti plus sûr de lui, il a repris confiance, il n'a plus eu peur des autres. Il a changé de l'intérieur.

Tu n'es pas toi !

Antoine sort de la cabine d'essayage.
« Ça te va bien, tu veux qu'on
le prenne ? » dit son père.
Antoine se regarde dans la glace.
« Je me sens mal là-dedans ! répond-il.
– Je vais aller te chercher la taille
au-dessus, propose son père.
– Non, c'est pas trop petit. Mais quand
je me regarde, je ne me reconnais pas,
c'est pas moi. »

On a tous ressenti ça au moins une fois. Cette sensation bizarre de ne pas se sentir soi, comme si on était déguisé. Comme quand on joue au sportif, pour faire bien, alors qu'on aime surtout lire et jouer de la flûte. Ou qu'on joue au gros dur, alors qu'on déteste se battre. Ou qu'on insulte les filles, pour faire comme les autres, alors qu'on aimerait être copain avec elles.

On peut se sentir mal à force de jouer un personnage, même si les autres ne s'en rendent pas compte. À la longue, c'est désagréable, et on souffre de toujours faire semblant. Cette souffrance, c'est un signal, une alerte, qui nous prévient et nous dit : « *Attention, tu n'es pas toi !* »

Alors, on peut décider de s'occuper un peu moins des apparences, et un peu plus de ce qu'on a vraiment envie d'être, de qui on est vraiment.

Explorateur d'apparences

Mais c'est difficile de savoir qui on est, qui on a envie d'être, c'est difficile de bien se connaître.
Peut-être qu'on peut déjà essayer de se reconnaître, en essayant des apparences, en cherchant à ressentir celles dans lesquelles on se sent bien, celles qui tiennent le coup dans le temps, celles dans lesquelles on se reconnaît.

Justine râle toujours. Aujourd'hui,
elle a décidé de se donner l'apparence
de quelqu'un de bonne humeur.
« Bizarre, ça a des bons côtés
de ne pas faire la tronche »,
se dit-elle.
En faisant semblant d'être de bonne
humeur, Justine a peut-être découvert
quelque chose de vrai en elle...

C'est génial, les apparences, on peut jouer avec elles.

En vacances, Manuel est autoritaire,
il organise tout. Aujourd'hui, il a essayé
de se donner l'apparence de quelqu'un
qui laisse les autres décider.
« Finalement, c'est agréable de laisser
faire, de suivre les autres », avoue Manuel.
En faisant semblant, Manuel a peut-être
découvert quelque chose de vrai en lui...

Cyril déteste rencontrer des gens.
Ce mois-ci, il décide de se donner
l'apparence de quelqu'un de fêtard,
il répond oui à toutes les invitations.
« Je dois avouer que je me suis éclaté »,
reconnaît Cyril.
En faisant semblant d'aimer aller vers
les autres, Cyril a peut-être découvert
quelque chose de vrai en lui...

Justine, Manuel et Cyril sont des explorateurs d'apparences. Ils testent des apparences, ils vont essayer de trouver celles qui tiennent le coup dans le temps, celles dans lesquelles ils se sentent bien, celles qui correspondent vraiment à ce qu'ils sont et à ce qu'ils ont envie d'être. Et puis, petit à petit, ils trouveront les apparences dans lesquelles ils se reconnaissent vraiment.

Ce que nous sommes, nous n'allons pas le ressentir tout d'un coup, un beau jour, comme une révélation. C'est en essayant d'être que nous apprenons à nous connaître, et cette découverte de notre être, elle ne s'arrête jamais.

DANS LA MÊME COLLECTION

De Brigitte Labbé et Michel Puech

1 La vie et la mort
2 La guerre et la paix
3 Les dieux et Dieu
4 Le travail et l'argent
5 Prendre son temps et perdre son temps
6 Pour de vrai et pour de faux
7 Les garçons et les filles
8 Le bien et le mal
9 La justice et l'injustice
10 Ce qu'on sait et ce qu'on ne sait pas
11 Les chefs et les autres
12 Les petits et les grands
13 Libre et pas libre
14 Le bonheur et le malheur
15 La nature et la pollution
16 La fierté et la honte
17 L'être et l'apparence
18 La violence et la non-violence
19 La beauté et la laideur
20 Le rire et les larmes
21 Le courage et la peur
22 Le succès et l'échec
23 L'amour et l'amitié
24 Le respect et le mépris
25 La parole et le silence

De Brigitte Labbé et P.-F. Dupont-Beurier

26 Le corps et l'esprit
27 D'accord et pas d'accord
28 La mémoire et l'oubli
29 L'homme et l'animal
30 Les droits et les devoirs
31 Moi et les autres
32 Normal et pas normal
33 Le rêve et la réalité
34 Croire et savoir
35 La richesse et la pauvreté
36 Possible et impossible
37 La tristesse et la joie
38 La dictature et la démocratie

Brigitte Labbé est écrivain. Michel Puech est maître de conférences en philosophie à la Sorbonne. Jacques Azam illustre tous les « Goûters Philo » et signe également des BD chez Milan.

Quelquefois, on se retrouve entre amis, à deux, à trois ou plus, pour regarder un film, faire un jeu, préparer un exposé ou simplement écouter de la musique. Ou on est là, ensemble, sans rien faire de spécial. Et il arrive que la conversation démarre, sur un sujet qui intéresse tout le monde.

MON CAHIER GOÛTER PHILO

Sans s'en rendre compte, on se lance dans de grandes discussions sur les parents, les professeurs, les amis, sur l'amour, la guerre, la honte, l'injustice… On refait le monde ! Et le soir, quand on se retrouve seul, on y repense.

C'était vraiment bien de pouvoir parler de tout ça, même si parfois, on est furieux parce qu'on n'est pas du tout d'accord avec ce que les autres disent, ou parce qu'il y en a qui veulent tout le temps parler et n'écoutent rien.

UN VRAI GOÛTER PHILO

Mais alors ! Si c'était bien, pourquoi ne pas organiser des débats, des discussions, sur un sujet qu'on choisirait ensemble ? À la maison, chez des amis ou, pourquoi pas, à l'école ?

Alors voici quelques trucs pour réussir un vrai « goûter philo ».

- Il vaut mieux ne pas être plus de 10 personnes.

- Évidemment, il faut un bon goûter, à boire et à manger !

- C'est bien d'être assis par terre... On peut s'installer comme on veut, on parle plus librement ! Et on peut mettre le goûter au milieu du cercle…

- Quelqu'un est chargé de proposer plusieurs sujets. Sauf si tout le monde s'est déjà mis d'accord pour parler de quelque chose de précis.

UN VRAI GOÛTER PHILO

- Chacun réfléchit pour décider quel sujet il préfère, sans rien dire aux autres pour ne pas les influencer.

- Quand tout le monde a choisi, on vote pour le sujet dont on a le plus envie de parler. Attention : un seul vote par personne.

- Le sujet qui a le plus de voix gagne : c'est de cela qu'on va parler aujourd'hui.

Les autres trucs, pour réussir à s'écouter, pour ne pas s'agresser, pour accepter les idées différentes des siennes, pour laisser parler tout le monde, ces autres trucs, vous les trouverez vite vous-mêmes !

C'est parti ! Donnez-vous une heure. Mais après tout, vous pouvez aussi y passer la journée !

UN VRAI GOÛTER PHILO SUR L'ÊTRE ET L'APPARENCE

Les jus de fruits et les gâteaux sont là, le sujet aussi : aujourd'hui, vous avez choisi « L'être et l'apparence ». Si la discussion a du mal à démarrer – cela arrive quelquefois, on se regarde tous et personne ne sait quoi dire ! –, voici quelques pistes pour lancer le débat.

- Qu'est-ce qu'on pense de Lucas, Samy ou Carole, pages 33 et 34 ? Est-ce qu'un jour, on s'est forcé, comme eux, à faire quelque chose simplement pour « avoir l'air » ?

- Et Laurent, page 27, est-ce qu'il ment ?

- Et Blanche-Neige, page 25, pourquoi s'est-elle laissé avoir par la pomme empoisonnée ? Qu'est-ce qu'elle aurait pu faire ? Est-ce qu'on s'est déjà trompé sur quelqu'un ?

- Est-ce qu'il pourrait nous arriver quelque chose comme ce qui arrive à Julien, page 18 ?

UN VRAI GOÛTER PHILO SUR L'ÊTRE ET L'APPARENCE

Pour s'aider, on peut naviguer comme cela dans le livre. Quelqu'un lit tout haut un passage, ou une des petites histoires. Cela fait penser à des histoires qui nous sont arrivées ou sont arrivées à d'autres, on les raconte et on essaie, ensemble, de comprendre ce qu'elles veulent dire.

On peut aussi se poser des questions, et en poser aux autres. Et chercher ensemble des réponses… ou bien se rendre compte que, quelquefois, on ne trouve pas de réponse : derrière une question, il s'en cache une autre, et encore une autre, et encore une autre…

En voici quelques-unes, en vrac… de quoi s'occuper des heures !

« Comment sait-on que l'on existe ? » ; *« Pourquoi est-ce qu'on a presque tous les mêmes marques de chaussures ? »* ; *« Comment savoir si quelqu'un est honnête ou pas ? »* ; *« Comment les sectes font-elles pour attirer les gens ? »* ; *« Est-ce qu'on se connaît bien soi-même ? »* ; *« Est-ce qu'on sait qui on a envie d'être ? »*

À vous de jouer ! À vous de goûter ! À vous de philosopher !

MES IDÉES...

... MES HISTOIRES

MES IDÉES...

... MES HISTOIRES